短歌清唱

杨静 著

江苏凤凰文艺出版社
JIANGSU PHOENIX LITERATURE AND ART PUBLISHING

杨　静

江苏东台人，中国音乐文学学会会员，中国音乐著作权协会会员。歌词作品散见于《词刊》《儿童音乐》《歌曲》《广播歌选》等三十多家主流媒体。多首歌词入选江苏省音乐文学协会编《江苏百家词选》。负责乡镇文化工作，参与编创歌舞节目，其原创歌词连年获市群文会演金奖。

序言

我对文化站长有着特殊的感情，倒不是因为自己曾经在乡镇文化站工作过，而是我认识和接触过的众多优秀文化站长给我留下了深刻印象和美好记忆。

在大千世界的各行各业中，文化站长是最不显眼的“芝麻官”，但在老百姓的心目中他们却是无所不能的“文化名流”。他们总是变着戏法地用有限的文化资源，行春风化雨滋润心灵的美事。优秀的文化站长有一个共同的特点，就是能凭借个人的魅力凝聚起一群志同道合者共筑文化之梦，凭借自身的专业才能引领一方文艺的百花绽放，凭借扎实的协调能力和创新能力让当地特色文化风生水起。

杨静先生是东台一位资深的文化站长，不久前我应家乡之邀去做一次关于文物之美的讲座，事后他拿着自己多年来创作的歌词集《短歌清唱》来见我。交谈中我得知他在乡镇从事群众文化工作二十多个春秋，在业内算得上是个了不起的“人物”。

杨静早年在西北当过兵，退伍后在乡镇机关打拼十多年。2000年，这名年富力强的文艺青年终于带着他的一腔热情走进许河镇文化站，他的命运轨迹由此悄然改变。此时正值世纪之交，中国正开始进入文化兴国的时代，整个社会有了一个更为明确、有着更高追求的精神目标。这对基层文化工作者来说，是机遇也是考验。有思想有能耐的文化人可以放手一搏，实现自己孜孜以求的文化理想，但对混日子的人而言可谓如坐针毡，是否有“两把刷子”还得“真金火炼”。显然，杨静是个佼佼者，他用真心真情真爱践行一心为民的初心。二十多年来，多少次惠民演出、多少次书画展览、多少次读书会、多少次非遗展示，杨静自己已经记不清了，但每次无论活动大小，从策划创作到组织实施，他都亲力亲为，确保万无一失。文化站长常常自嘲从事的工作是“黄连树下弹琵琶——苦中作乐”，但每当精彩的活动赢得人们的笑脸和掌声时，他们此前吃尽的千辛万苦会立马消解掉。

我对杨静先生取得的工作业绩和他获得的一摞摞荣誉证书，并不感到意外，令我惊讶的是他在繁忙之余，竟然创作出这么大量的文艺作品。即将付梓出版的《短歌清唱》，就是他从近二十年来在各主流媒体发表过的作品中精选出来的，是他砥砺向前、创作不已的印迹。对于歌词创作我是典型的外行，没有评说的资本，但作为一个读者，静心吟诵时我能感受到字里行间洋溢着一位基层文化工作者的艺术情怀和拳拳之心，不由心生感慨。

杨静的歌词总是带着浓郁的泥土芳香与人文关怀，不仅在时空和生活中转换着，更有他的生命体验和深层次联想。《我说聊天不无聊》《文化站长的舞台》《我把自己贱卖》《宝宝不哭也不闹》《孙子唉》，这些歌词是他内心的独白，是家乡这片土地上焕发出的无尽光彩。无论是职业操守、童年趣事，还是农村留守儿童和老人，在岁月的轮回中，家乡点点滴滴的生活，都是激发他创作灵感的美妙馈赠，他始终保持着向上向善的希望。

歌词中吟唱了人世间的千万种情感，血缘之间的亲情，异性之间的爱情，朋友、战友之间的友情，当然还有对英雄、对伟人、对恩人的崇拜与感恩之情。杨静的歌词穿梭于乡村与城市之间，质朴诚挚的情感贯穿始终。小爱可以温暖人心，小爱亦可以升华融成无疆大爱，《爱情奶茶》《家的高度和温度》《如果我爱你》，这些看似平常的人和事、情与爱、父与子、德行与操守，通过作者抒发内心的情感，表达对生命、人生、爱情等永恒话题的感悟，让你产生对现实社会的联想、关注和反思，甚至还能体会到蕴含其中的生命哲理。

文章合为时而著，诗歌合为事而作。杨静歌词的一个显著特点就是能够紧随新时代的脉搏而跳动，这大概与他的品性修养和独特视野分不开。他易于在平凡的生活中发现真、善、美，在家事、国事、天下事的关联中感受时代风采，抒发自己的情怀。《龙飞，梦飞》《我们结伴在月亮舞蹈》《远航》《“一带一路”走天下》等作品，传达出昂扬进取的时代风貌和人民的志气，浓浓的爱国之情跃然纸上。

杨静对自然景观和人文历史遗存有着敏锐的观察力，他甚至将“闲庭信步”式的旅游观光，变成寓学于行、行学相长的创作采风。《感谢胡杨》《运河京杭》《故乡江南》《黄河口恋歌》等，应是他巧妙地运用审美意象抓住触动心灵的细节，使其转化为富有象征意义的词作。这类作品不仅传达出作者对生命、对时间，乃至对宇宙的思考，同时也能使人们在欣赏歌词时感受到他的精神追求并与之产生情感共鸣。

《短歌清唱》的魅力还在于歌词质朴平实、清新隽永，以小见大，充满正能量，轻轻吟唱，细细品味，你会感受到其理趣美、语言美、韵律美、意象美。杨静先生是一位多情才子，自信、阳光，办事不失军人作风，他用自己的实际行动和艺术才华诠释了一位基层文化工作者的使命与担当，我为他点赞。

稽亚林

2024年金秋国庆于金陵挹古斋

（稽亚林，研究馆员，中国群众文化学会常务理事、江苏省群众文化学会会长、江苏当代书画院副院长，曾任江苏省文化厅副巡视员、南京博物院党委书记等职）

目录

成长之美

童声之美

情爱之美

精神之美

山河之美

成长之美

我说聊天不无聊

都说聊天无聊，
可是真诚的交流一样充满欢笑。
虽然不曾相见，
但网络让大家相遇相知相好。
温情词句，减缓节奏，
压力变小，轻松就好。
不一定约请应邀，
闲了就聊聊。
感知天边远山的陌生风景，
我说聊天不无聊！

都说聊天无聊，
可是真实的叙说同样能感受美好。
相见并不重要，
聊天让我们意会一颦一笑。

柔和话语，化解烦恼，

疲劳消除，开心就好。

不必要海誓山盟，

有空就聊聊。

了解自身以外的世界风貌，

我说聊天不无聊！

（中国音乐家协会《词刊》月刊2006年4月号刊登）

把心叫醒

夜深人静，
我要把心叫醒。
回放全天的“表演”，
有没有乱了德行？

许诺的事情，
职责的履行，
“今日歌”唱得可行？
繁忙辛劳、喧嚣热闹，
五光十色、相送相迎，
强迫内心永驻恬静！
夜深人静，
我要把心叫醒。

夜深人静，

我要把心叫醒。

想想明天的事情，

又将如何把持操行？

领导的吩咐，

群众的叮咛，

哪个更重哪个轻？

霓影星光、声色犬马，

灯红酒绿、利禄功名，

安然面对警觉警醒！

夜深人静，

我要把心叫醒。

（中共盐城市委《盐阜大众报》2007年7月23日副刊刊登）

爸爸

喊您一声爸
我是您的娃
您为娃娃吃的苦
今生孩儿要报答
孩儿少小生性贪玩耍
做傻事一桩比一桩傻
雨后河塘里捞鱼虾
天晴了上房又揭瓦
由此挨了您不少的打
爸爸您的巴掌真阔大
可是孩儿我从不长记性
过后照样我行我素贪玩耍

喊您一声爸
我是您的娃

您为娃娃吃的苦
今生孩儿要报答
孩儿少不更事不听话
成长的路上心猿意马
逃学钻过大山林
下课打过小群架
事后总是您担待娃
爸爸您胸襟真伟大
可偎依您哭过千百回
泪痕未泯我仍然不听话

爸您解释“爸”字解得妙
“父”亲加“巴”掌才是个爸
孩儿明白了一个理儿
天经地义该受您的打
如今孩儿已长大
不再像小时候一样犯傻
孩儿深情地喊一声爸
来生来世还做您的娃

（辽宁省音乐家协会《音乐生活》月刊2009年12月号刊登；辽宁省音乐文学学会《新歌诗》双月刊2009年第6期刊登；江苏省文化馆《文化新世纪》月刊2010年新春文艺专刊刊登）

父子

都说父子共三分
可是你我总像是仇人
从上学到入职不容我分说
你是君来我是臣
小时候
你弹了钢琴又练奥数
一边还在翻课本
我插嘴合理安排休息
你说我乱军心干扰人
大学读的“985”
毕业却去了西北小山村

都说父子共三分
可是你我总像是仇人
从单位到家里不容我分说

你是君来我是臣

现如今

你买了跑车又选期房

一边还在忙健身

我絮叨个人精力有限

你说我瞎操心小瞧人

父子调侃一二三

虔诚泯一笑戏谑鸿沟分

你我父子共三分

惬意笑谈连心人

（吉林省音乐家协会音乐文学学会《华人歌词》双月刊2023年第4期刊登）

回家的路

有条路布满困苦
可它挡不住游子回家的脚步
回家的路辛酸一路
遥远的童年记忆缠绵着路
回家的路艰难一路
当下的滥情浮躁催促着脚步
闯荡世界已展宏图
心中向往的仍是回家的路
拥挤奔跑算什么
落脚老窝的时刻绝不耽误

有条路充满唐突
可它挡不住游子回家的脚步
回家的路温暖一路
老妈如炬的眼神指引着路

回家的路兴奋一路
老爸心底的呼唤感应着脚步
哪怕在外穷途末路
心间铭记的还是回家的路
疲惫奔命算什么
见到爹娘的瞬间万分幸福

就算上帝把全世界都奉送给我
我仍倾心扑向久违味道的老屋
尽管整天价人在江湖身不由己
我依然锁定日程踏上回家的路

（上海音乐家协会《上海歌词》双月刊2014年第2期刊登；辽宁省音乐文学学会《新歌诗》双月刊2014年第2期刊登；黑龙江省牡丹江市音乐文学学会《词坛》双月刊2014年第4期刊登；中央人民广播电台《广播歌选》月刊2014年第5期刊登；天津市音乐文学学会《歌词》月报2014年第6期刊登；河北省音乐家协会音乐文学学会《燕赵词作家》双月报2014年第3期刊登）

老兵相见

老兵相见手拉手
身板杠杠还是那么牛
咔嚓一抬手
便装的军礼挺顺溜

老兵相见手拉手
臂膀硬硬只是白了头
砰啪两并脚
立正的军姿特好瞅

老兵相见手拉手
刚进连队时都猜不透
退伍那天都把热泪流
同训练同学习的日子没过够

战友啊战友
真的难分手

老兵相见手拉手
当年通铺情谊几千宿
如今儿孙满堂都优秀
同劳动同休息的往事眼前遛
老兵啊老兵
一辈子战友

（浙江省音乐家协会《花港词刊》季刊2020年第4期刊登；上海音乐家协会音乐文学专业委员会《上海词家》双月刊2020年第6期刊登）

瞭望炊烟

小时候逃学淘了大半天
抬头望，家的方向那边
依稀看到爸爸已放下扁担
期待着一缕袅袅炊烟

转眼间在外闯荡回家转
两眼翻遍绿树翻遍青山
始终难寻那一缕炊烟
炊烟炊烟，袅袅炊烟
那溢满小院的无尽亲情
飘忽在脑海久远的天边

儿时打猪草累了大半天
抬头望，家的方向那边
仿佛看见妈妈正摆放碗筷
期待着一缕袅袅炊烟

现如今沧桑游子把家还
双耳倾听鼓蛙倾听鸣蝉
始终难寻那一缕炊烟
炊烟炊烟，袅袅炊烟
那萦绕家园的无限乡愁
升腾在记忆遥远的天边

（吉林省音乐家协会音乐文学学会《华人歌词》双月刊2021年第1期刊登；天津市音乐文学学会《歌词》月报2021年第4期刊登）

柳絮飞扬

不要责怪我的张扬
我是春天应有的过往
粗心的人才会怨恨我轻佻
其实我真的怀有美好梦想

谁的灿烂人生
每一步都留存清香
没有我的飞舞
怎能春风和畅

不必笑我自赏孤芳
我是种子自然的过场
睿智者会赞美我淡然美丽
指责批判水性纯粹是中伤

纵有一帆风顺

少不得也失措彷徨

即便我不乱飞

寰宇可绝莽撞

（河南省文化馆《青年歌声》月刊2019年第7期刊登；黑龙江省牡丹江市音乐文学学会《词坛》双月刊2019年1—2期合刊刊登）

路口的风景

红绿灯路口，
你优雅站定观望，
自律做人的标杆；
红绿灯路口，
你自觉等候谦让，
礼貌亲善的彰显。
这细节的流露，
礼让识得春风面。
红绿灯路口的你，
是那样高大伟岸。

红绿灯路口，
你承受寒风刺骨，
冰雪遇到了温暖；
红绿灯路口，

你忍耐烈日烤炙，
热浪躲进了凉伞。
这细微的坚守，
文明花开桃李艳。
红绿灯路口的你，
是那般靓丽好看。

路口站定的你，好看！

（天津市音乐文学学会《歌词》月报2019年第7期刊登）

梦想的距离

我要实现的梦想
总有一段距离
你已表达的心愿
总有一段距离
无语迟疑

攀登高峰不会轻而易举
筚路蓝缕有山顶托底
霞光之先的昏暗哟
大步流星将天边掀起
掀起掀起
看淡梦想的距离

你执着成就梦想

渐渐缩短距离

我坚持如愿以偿

慢慢拉近距离

有泪轻滴

泅渡彼岸难得一帆风顺

逆水行舟让信念远徙

彩虹之前的风雨啊

一波三折任意志奋楫

奋楫奋楫

看清梦想的距离

梦想的距离

越拼越有戏

（吉林省音乐家协会音乐文学学会《华人歌词》双月刊2021年第1期刊登）

三生谣

今生半世已过
往事回首蹉跎
如果真有来世
决绝不再虚度
嗟叹今生糊涂
臆断前世几多

料想虚无前世
断然不会虚度
起码能少犯错
来生缥缈困惑
谁能确定把握
最好当下莫错

今生拼过搏过

今生热爱生活

今生平平淡淡

今生切莫虚度

今生实实在在

今生活出自我

（黑龙江省牡丹江市音乐文学学会《词坛》双月刊2014年第7期刊登；重庆市音乐文学学会《重庆词风》季刊2014年夏期刊登）

“三味”吟

——献给绍兴鲁迅文化园“三味书屋”

（白）（旧时学塾中琅琅读书声，自然句读）蔬食菜羹必祭 / 花香不如书香 / 有田不耕仓廪虚 / 有书不读子孙愚 / 一粥一饭 / 当思来之不易 / 半丝半缕 / 恒念物力维艰 / 布衣暖 / 菜根香 / 诗书滋味长 / 一箪食 / 一瓢饮 / 青灯明陋巷

百草园里徜徉，
石井栏旁彷徨，
追忆回味那句蒙训：
布衣暖，菜根香，诗书滋味长，
布衣暖，菜根香，诗书滋味长。

石板路上哼唱，
乌篷船中亮嗓，

反复吟诵蒙学古训：

布衣暖，菜根香，诗书滋味长，

布衣暖，菜根香，诗书滋味长。

布衣暖，菜根香，诗书滋味长，

“三味”意味深长！

布衣暖，菜根香，诗书滋味长，

“三味”百世流芳！

（黑龙江省牡丹江市音乐文学学会《词坛》双月刊2012年第10期刊登；重庆市北碚区文化馆《北泉歌声》双月刊2013年第1期刊登；河北省音乐家协会音乐文学学会《燕赵词作家》双月报2012年第6期刊登）

哨所旁的沙枣花

你有个好听的名字银柳
因为你披一身银色鳞片的缘由
你就活在我们连的哨所旁
陪着我连战友苦蹲山沟沟

还是喜欢老兵喊你沙枣花
你替站岗的战友逗闷解忧
沙枣花，沙枣花
你把西部河山坚守

你叫着银柳却开着金花
因为你的固守感动着我们战友
你耐旱耐寒扎根黄沙荒漠
你成了一茬茬老兵的战友

还是喜欢老兵喊你沙枣花

你教会我们战友找乐消愁

沙枣花，沙枣花

你把戍边战士守候

（浙江省音乐家协会《花港词刊》季刊2020年第4期刊登；上海市音乐家协会音乐文学专业委员会《上海词家》双月刊2020年第6期刊登）

守候

——防控新冠疫情有感

都说家是爱的港湾，
这一回又多了个赞。
你家我家亿万个家，
成了防控最安全的港湾。
憧憬家庭的未来，
我们坚定临危居安。
不管疫情多凶残，
我们坚决誓死迎战。
在家中守候抗击疫情，
家是健康永远的靠山！

千难万难苦守最难，
守候无聊生活真烦。
家中的你家中的我，
坚守住最基本防控难关。

想想明天的太阳，
我们必须经受苦难。
哪怕再大的风雨，
我们也得勇敢承担。
在家中苦守歼灭疫情，
家是幸福永远的泉源！

（吉林省音乐家协会音乐文学学会《华人歌词》双月刊2020年第3期刊登）

守时光

朗朗晴空
爷爷晒太阳
曈曈炎炎艳艳
三叹一唱
回忆总是绕不开
当年勤奋的日日夜夜
都已经成为过往
眼前的美丽田野
丰收富庶的农庄
爷爷乐哈哈哼唱着
正是当年的梦想

清清夜色
奶奶望月亮
皎皎莹莹淡淡

依门依窗

怀念总是推不出

过去坚守的风风光光

早已经成为回望

面前的亮丽村落

敞亮华丽的广场

奶奶笑嘻嘻念叨着

正是当年的期望

（河南省文化馆《青年歌声》月刊2021年第2期刊登）

人生是一首欢歌

岁月呵，一首老歌
生活有苦有乐
岁月蹉跎，酸甜苦涩
犹如诗歌般平平仄仄
穿越岁月长河
唱响岁月悠扬的颂歌
不是什么都能笑对
没有什么不能淡泊
聚散离合算什么
笑到最后就是一首颂歌

人生呵，一首欢歌
命运有取有舍
人生起落，成败得失
恰似歌唱的忐忐忑忑

走过人生低谷

唱响人生奋斗的赞歌

不是什么都能放过

没有什么不能跨越

曲折坎坷算什么

坚持到底就是一首赞歌

岁月是老歌也是颂歌

人生是赞歌也是欢歌

（与常兆辉合作，黑龙江省牡丹江市音乐文学学会《词坛》双月刊2014年第2期刊登）

蛙声可好

儿时听蛙声一派烦恼，
生生吵扰我睡觉。
酷暑炎热难耐，
更有蛙声曲高。
院中水缸的蛤蟆讨嫌，
村口池塘的花皮喧嚣。
许多好梦被吵，
许多清静被闹，
年轻的心苦闷，
苦闷的人急躁。
该死的蛙们可恨，
快闭上臭嘴我心安好！

如今听蛙声一曲神妙，

声声催促我睡觉。

盛夏暑热等闲，

蛙儿联唱乖巧。

荷塘中蛙鸣声声脆亮，

稻田里鼓噪阵阵如潮。

无数时光不老，

无数岁月静好，

老去的心豁然，

豁然的人常笑。

可爱的蛙们喜庆，

快唱吧唱吧我好睡觉！

（吉林省音乐家协会音乐文学学会《华人歌词》双月刊2023年第4期刊登）

文化站长的舞台

我的舞台，
绝不在商海。
我的舞台，
绝不在海外。
我的舞台，
是父老乡亲的心海。
我的舞台，
是兄弟姐妹的情爱。

我的舞台，
不是那书斋。
我的舞台，
不是那花海。
我的舞台，
让老爸老妈笑开怀。

我的舞台，

让左邻右舍齐喝彩。

我的舞台，我的舞台，

乡镇文化站长的舞台！

（黑龙江省牡丹江市音乐文学学会《词坛》双月刊2016年第3期刊登；吉林省音乐家协会音乐文学学会《华人歌词》双月刊2016年第4期刊登）

我把自己贱卖

端着，做不来，
高贵不再，
我把自己贱卖。
乐于助人，
我保持善意常态。
你有心结他有阴霾，
我率直把心打开。
现实啊，难免悲哀，
热血蒙受践踩。
怪只怪，
我把自己贱卖，
可是我永不言败。

做作，不痛快，
矜持不再，
我把自己贱卖。
好为人梯，
我恪守坦诚相待。
你有需求他有感慨，
我无悔招之即来。
现象呢，未免奇怪，
真挚反遭伤害。
恨只恨，
我把自己贱卖，
可是我痴心不改。

（吉林省音乐家协会音乐文学学会《华人歌词》双月刊2020年第4期刊登）

我骄傲，我守过南海岛礁

十八岁那年我登上了礁，
铁皮屋的小世界特别小。
月黑风高浪滔天，
我为祖国守岛礁。
岛礁萧疏又稀少，
可它是中华儿女爱心的最前哨。
我为祖国守岛礁，
神圣使命抵消了孤独寂寥。
我是南海守礁人，
我骄傲，我自豪！

十八岁那年我也上了礁，
高脚屋二代条件稍提高。
涛飞浪卷海空旷，
我为祖国守岛礁。

岛礁荒野又渺小，

可它是华夏河山激情的风向标。

我为祖国守岛礁，

庄严责任战胜了恶浪怪潮。

我是南海守礁人，

我骄傲，我自豪！

（黑龙江省牡丹江市音乐文学学会《词坛》双月刊2017年第1期刊登；盐城市文化广电和旅游局《文化与传媒》双月刊2017年第1期刊登；浙江省音乐家协会《花港词刊》季刊2017年第1期刊登；广西省音乐家协会《词海》双月刊2017年第1期刊登）

童声之美

阿里的神

——献给“新中国成立以来感动中国人物”孔繁森

孔繁森，阿里的神，
阿里的神，孔繁森。
您探望过的边陲牧民，
常念叨你肩挎小药箱出诊；
您收养过的藏族孤儿，
已经成家立业繁衍着子孙。

啊，汉藏人民的好儿子，
孔繁森，您是阿里的神！
冈仁波齐峰显现您的身影，
玛旁雍错湖映照您的忠纯。

孔繁森，阿里的神，
阿里的神，孔繁森。

百川之源又添你一河，
日夜流淌着普世人文之魂；
万山之祖又增你一山，
永远耸立着汉藏团结之尊。

啊，汉藏人民的好儿子，
孔繁森，您是阿里的神！
狮泉河水见证您名利淡泊，
札达土林蕴藏您仁爱体温。

（中国音乐家协会《儿童音乐》月刊2013年第9期刊登；黑龙江省牡丹江市音乐文学学会《词坛》双月刊2013年第6期刊登）

宝宝不哭也不闹

——新摇篮曲

宝宝乖，乖宝宝
宝宝不哭也不闹
别嫌奶奶手不巧
奶奶常握铁锄和铁锹
磨得手掌粗又糙
可奶奶我会细心地疼宝宝

宝宝好，好宝宝
宝宝不哭也不闹
别嫌爸妈本事小
爸妈打工加班赶指标
难得陪咱小宝宝
可奶奶我会加倍地疼宝宝

好宝宝，乖宝宝
平平安安睡好觉
乖宝宝，好宝宝
健康成长最重要

（辽宁省音乐文学学会《新歌诗》双月刊2013年第6期刊登）

彩虹

太阳公公架金桥
七彩拱桥大弯腰
爷爷奶奶桥下过
孙子拽着咿呀叫

太阳公公架彩桥
天边霓虹真美妙
爷爷奶奶你们说
我舞彩练该多好

（吉林省音乐家协会音乐文学学会《华人歌词》双月刊2021年第1期刊登）

过家家

——远去的童年

哇啦哇，哇啦哇，
呜里哇啦吹喇叭。
吹喇叭，过家家，
胖墩竹马娶花丫。
过家家，吹喇叭，
吹破朵朵喇叭花。
喇叭花，吹喇叭，
花丫笑成喇叭花！

（上海市音乐家协会《上海歌词》双月刊2013年第1期刊登；黑龙江省牡丹江市音乐文学学会《词坛》双月刊2013年第1期刊登；重庆市北碚文化馆《北泉歌声》双月刊2013年第1期刊登；安徽省阜阳市音乐家协会《徽风词刊》双月刊2013年第1期刊登；另外，《过家家》经上海市作曲家段福培先生谱曲，发表于《上海歌词》双月刊2013年第3期）

奖你一朵小红花

（引子：童声齐唱“幼儿园像我家，老师爱我我爱她。老师夸我好宝宝，我说老师像妈妈”）

小红花，开在胸前开在天涯，
小娃娃，你最听话，
老师妈妈奖你一朵小红花！

小红花，开在老师妈妈心底呀，
小娃娃，你最听话，
你的小红花乐翻了你全家！

奖你一朵小红花，
陪你一天天长大。
奖你一朵小红花，
总有一天你会懂得它无价！

（吉林省音乐家协会音乐文学学会《华人歌词》双月刊2023年第4期刊登）

妈妈爱宝儿

宝儿泪眼对妈妈，
背诵课文让人愁，
演算习题伤脑筋，
练习口语怪难受。

妈妈笑笑看宝儿，
世事相通无戏法。
小鸭学游泳，
多么辛苦啊；
小鸡捉小虫，
多么辛苦啊；
你看爷爷院子里的花，
修剪除草浇水麻烦呀；
你看外婆绣匾中的花，
描样穿针引线复杂呀；

爷爷外婆不去做，

宝儿哪能看到花？

宝儿紧拽妈妈手，

似懂非懂点点头。

妈妈欣慰拍拍手，

转身暗自泪双流。

（吉林省音乐家协会音乐文学学会《华人歌词》双月刊2023年第4期刊登）

骑架马

嘚驾，嘚驾，骑架马
嘚驾，嘚驾，骑架马

骑上爸爸的架马
我立刻变得高大
紧紧揪住爸爸的双耳
小脚在爸爸胸前擂打
听着爸爸讲述的故事
听着爸爸哼唱的歌儿
嘚驾，嘚驾，嘚嘚驾
我骑了一匹英俊的马

嘚驾，嘚驾，骑架马
嘚驾，嘚驾，骑架马

骑上爷爷的架马

我立刻变得高大

紧紧揪住爷爷的白发

双脚在爷爷胸前擂打

爷爷尽管累得气吁吁

爷爷依然大声笑哈哈

嘚驾，嘚驾，嘚嘚驾

我骑了一匹慈祥的马

（广西省音乐家协会《词海》双月刊2015年第1期刊登；黑龙江省牡丹江市音乐文学学会《词坛》双月刊2015年第2期刊登；广东省东莞市音乐家协会、香港音乐文学学会《星坐标》双月刊2015年5月号刊登）

勤洗手

勤洗手，勤洗手
爸爸让我勤洗手
勤洗手，勤洗手
妈妈让我勤洗手
勤洗手，勤洗手
老师让我勤洗手
勤洗手，勤洗手
我教奶奶勤洗手
教她七步勤洗手

（吉林省音乐家协会音乐文学学会《华人歌词》双月刊2020年第4期刊登）

孙子唉

孙子唉，该是爱你还是恨你?
你搅和了爷爷奶奶的一朝一夕。
孙子唉，爷爷奶奶为你硬硬地分居，
把三代人的爱拧成了一体。
一半到城里带你，
一半在老家想你，
孙子唉，奶奶常常叨叨，
帮的是儿是媳实质帮的是自己。

孙子唉，该是疼你还是怨你?
你掺和了爷爷奶奶的一朝一夕。
孙子唉，爷爷奶奶为你生生地分别，
把三代人的爱拧成了一体。

电话那头抱着你，

电话这边逗着你，

孙子唉，爷爷明明白白，

为的是儿是媳实质为的是自己。

（浙江省音乐家协会《花港词刊》季刊2016年第4期“香雪”刊登；黑龙江省牡丹江市音乐文学学会《词坛》双月刊2016年第6期刊登）

我爱爸爸爱妈妈

爷爷教我爱爸爸，
可我一年都看不到他；
姥姥教我爱妈妈，
可她也是过年才回家。

爷爷姥姥听我说：
我爱爸爸爱妈妈！
我爱爸爸，
我要爸爸常在家！
我爱妈妈，
我要天天看到她！

（上海市音乐家协会《上海歌词》双月刊2013年第1期刊登；黑龙江省牡丹江市音乐文学学会《词坛》双月刊2013年第1期刊登）

我给爷爷奶奶“压岁钱”

过大年，拜新年，
我给爷爷奶奶“压岁钱”。
爷爷奶奶哈哈笑，
“不要、不要”笑破天。
我朝爸妈扮鬼脸，
悄悄话给爷爷听，
“都是您儿子给我的压岁钱”，
爷爷奶奶乐翻了天！

（辽宁省音乐文学学会《新歌诗》双月刊2012年第3期刊登）

我给小猫戴口罩

我给小猫戴口罩

小猫声声喵喵喵

戴口罩，戴口罩

小猫拼命把头摇

爷爷看到哈哈笑

小囡囡，小囡囡

猫的胡子被你弄疼了

（吉林省音乐家协会音乐文学学会《华人歌词》双月刊2020年第4期刊登）

小鸟换外套

小小鸟，爱羽毛
讲卫生，勤洗澡
不用水，沙尘泡
沙砾搓，干粉皂
尘雾里，好奇妙
叽叽叽，用嘴咬
吱吱吱，梳双爪
喳喳喳，唱歌谣
连滚翻，玩舞蹈
洗完澡，跳一跳
抖一抖，换外套
小小鸟，一身俏

（辽宁省音乐文学学会《新歌诗》双月刊2014年第5期刊登；云南省文化馆《民族音乐》双月刊2014年第5期刊登）

小燕子回来了

微风儿习习，

太阳公公笑嘻嘻；

小苗儿挤挤，

花儿朵朵抖彩衣。

晴空朗朗亮熠熠，

滑来黑色小飞机。

叽叽叽，叽叽叽，

钻进房檐燕窝里。

（辽宁省音乐文学学会《新歌诗》双月刊2012年第3期刊登）

一路欢笑

风里，笑盈盈
雨里，笑盈盈
爷爷送我上学的路上
欢乐永远是一道风景
伞面吹翻了我俩顶荷盖
雨披飞扬着我俩赛蜻蜓
爷俩儿兴致勃发
欢笑一路不停

严冬，脚步轻
酷暑，脚步轻
爷爷送我上学的路上
欢乐永远是一道风景
伏天雨水倾注赐我凉爽
数九霜冻凝结诱我溜冰

爷俩儿满面春风
欢笑一路不停

乖乖呀乖乖,
到校啊上课要认真听!
爷爷啊爷爷,
回家啊路要看好分清!

（上海市音乐家协会《上海歌词》双月刊2014年第6期刊登）

有什么风儿能送我飞上天

小小羽毛飞上天
悠闲自得舞翩翩
摇啊摇，飘呀飘
扁舟荡得我心乱
有什么风儿能送我飞上天
自由翱翔让我梦想到天边

老师教诲一遍遍
知识海洋宽无边
爱读书，好钻研
终生学习赚本钱
只有勤奋风帆送我飞上天
海阔天空任我圆梦到天边

（辽宁省音乐文学学会《新歌诗》双月刊2014年第5期刊登；云南省文化馆《民族音乐》双月刊2014年第5期刊登）

鱼儿洗澡莫打扰

荷塘里鱼儿笑
我在塘边拍手叫
妈妈妈妈发警告
千万不得下水捞

荷塘里鱼儿跳
我在塘边拍手笑
妈妈妈妈您放心
鱼儿洗澡莫打扰

（黑龙江省牡丹江市音乐文学学会《词坛》双月刊2014年第5期刊登）

月光下的远方怎么样

月儿高高在天上
爸爸妈妈在远方
爷爷奶奶拉扯我
夜夜陪我入梦乡

月儿高高在天上
我在爷爷怀中躺
依稀听见叹息声
远方远方是他乡

爷爷低声问奶奶

远方的孩儿可睡得香

奶奶轻声问爷爷

月光下的远方怎么样

（广东省东莞市音乐家协会、香港音乐文学学会《星坐标》双月刊2014年第5—6期刊登；上海市音乐家协会《上海歌词》双月刊2014年第6期刊登；湖南省音乐家协会《音乐教育与创作》双月刊2015年第3期刊发的歌曲《月光下的远方怎么样》，由素不相识的方广良老师谱曲；吉林省音乐家协会音乐文学学会《华人歌词》双月刊2015年第2期刊登；由上海市资深儿歌作曲家段福培老师谱曲，上海市音乐家协会《上海歌词》双月刊2015年第5期刊登）

早产宝宝晒屁屁

宝宝早产啦，
黄疸超了标。
大夫开方子，
疗法真好笑：
晒晒小屁屁，
半拉月就好。

早晨出太阳，
光亮爽朗照。
宝宝沐清风，
背对太阳笑，
屁屁暖乎乎，
黄疸达了标。

阳光是个宝，

阳光真奇妙，

宝宝要健康，

它来立功劳！

（辽宁省音乐文学学会《新歌诗》双月刊2013年第6期刊登；黑龙江省牡丹江市音乐文学学会《词坛》双月刊2014年第3期刊登）

竹马谣

骑竹马，过家家
过家家，骑竹马
哥哥前面摇
妹妹后面滑

骑竹马，过家家
过家家，骑竹马
哥哥你要娶
妹妹我就嫁

骑竹马，过家家

过家家，骑竹马

哥哥你当爸

妹妹我当妈

（广西省音乐家协会《词海》双月刊2015年第1期刊登；黑龙江省牡丹江市音乐文学学会《词坛》双月刊2015年第2期刊登；广东省东莞市音乐家协会、香港音乐文学学会《星坐标》双月刊2015年5月号刊登）

情爱之美

爱情奶茶

你是一朵花，
我要把你采回家。
把所有的包袱放下，
我们来喝杯爱情奶茶，
慢慢饮、细细品，
我们把所有甜蜜咽下。

啊，我的美眉，请爱我吧，
我俩一呼一应真爱无瑕；
啊，我的美眉，请爱我吧，
我俩的爱情美如花！

你是一幅画，
我要把你心上挂。

把所有的顾虑敲打，
我们来喝杯爱情奶茶，
缓缓吸、轻轻咂，
我们把所有美好咽下。

啊，我的美眉，嫁给我吧，
我俩一唱一和恩爱有加；
啊，我的美眉，嫁给我吧，
我们的生活美如画！

（上海市音乐家协会《上海歌词》双月刊2013年第3期刊登；黑龙江省牡丹江市音乐文学学会《词坛》双月刊2013年第5期刊登）

爱如潮水

自从看到你的脸，
我就明白你是谁。
海滩踏浪逐浪，
海浪翻腾托你飞。
只要能够看到你，
奔跑再多也不累。
陪你有无尽的冲动，
爱如潮水！

自从牵着你的手，
我就懂得你是谁。
花园闲游漫游，
花间蜂蝶把你追。
只要能够牵着你，
吃遍辛苦不后退。

伴你无有限的忌惮，

爱如潮水！

爱你没有理由，

看到你心儿醉！

爱你没有理由，

牵着你心里美！

（浙江省音乐家协会《花港词刊》季刊2022年第1期刊登；上海市音乐家协会音乐文学专业委员会《上海词家》双月刊2022年第2—3期刊登；福建省艺术馆《福建歌声》双月刊2022年第3期刊登）

暗恋

我为你心跳，你可能一辈子都不知道
我依然执着，为你守候到老
不相信你的轻佻，看不到你的风骚
我早已爱上你的乖巧
胆怯着欢呼你快乐、盯着你微笑
可是你，为什么一点点也感觉不到
想不到，爱情法则这么深奥
我暗恋着，愿追随你到天涯海角

我为你心跳，你可能一辈子都不知道
我依然执着，为你守候到老
你的小嘴像樱桃，你的双眸似葡萄
我爱的不是你的外表
腼腆着躲避你行走、傻看你奔跑
可是你，为什么一点点也感觉不到

猜不透，爱情密码如此奇妙
我暗恋着，愿仰慕你到天荒地老

心口上流血的刀，刀尖上舞蹈着笑
我无法拒绝燃烧，我宁愿接受煎熬

（辽宁省音乐文学学会《新歌诗》双月刊2011年第6期刊登）

藏家西原女孩

——致《芄野尘梦》主角

藏家西原女孩
你最懂得真爱
嫁了汉家哥哥
你拿性命侍爱

满腔热血挚爱
情系姻缘三载
疆场形影相随
护佑夫君不败

藏家西原女孩
你最懂得真爱
嫁了汉家哥哥
你拿性命侍爱

历经磨难祸灾
从君痴心不改
旡野羌塘惊梦
涅槃凤凰归来

藏家西原女孩
你拿性命侍爱

（黑龙江省牡丹江市音乐文学学会《词坛》双月刊2016年第2期刊登）

称心的日子会来到

趁风雨还小
我们一起奔跑
手挽着手、肩挨着肩
我们彼此调整心跳
为了一个共同的目标
我们趁着风雨携手奔跑
同舟共济、迎战困难
比翼双飞是我们永远的骄傲
称心的日子向我们微笑

趁风雨还小
我们一起奔跑
患难与共、朝夕相伴
我们一路前行关照
为了实现共同的理想

我们趁着风雨加速快跑

与时俱进、挑战极限

齐头并进我们承诺保持到老

称心的日子一定会来到

（南京市音乐文学学会《词泊秦淮》季刊2007年第4期刊登；入选江苏省音乐文学学会为庆祝中华人民共和国成立六十周年而编的《江苏百家词选》）

家的高度和温度

巍峨的山撑起高高的天，
平常的家呀有了高度。
父亲是山父亲是梁，
父亲不倒家就有支柱。
荆棘载途艰难困苦，
父亲铁肩担当坚强体魄。
生命的风雨风浪，
父亲从容笑彰显高度。
艳阳和煦光芒万丈，
家的小船平安栖泊。

蜿蜒的河滋润厚厚的地，
普通的家呀有了温度。
母亲是河母亲是火，
母亲不弃家就有经络。

烦恼琐碎家长里短，
母亲宽厚豁达甘心补拙。
人生的痛苦痛楚，
母亲安详态充盈温度。
月华澄澈清辉四射，
家的港湾温情静默。

父亲的高度母亲的温度，
家才结出累累硕果！

（与王明华合作，黑龙江省牡丹江市音乐文学学会《词坛》双月刊2018年第5—6期合刊刊登）

宽恕永远找到安稳的家

一片鲜花
被马蹄踩踏
暗香盘绕马蹄
这是鲜花宽恕的代价

健康不仅仅是强壮的估价
快乐不单单是心情的筹码
气愤破坏心灵智商
恼怒无情扼杀你我风雅

背叛爱情
前世的冤家
平静分手祝福
这是爱情宽恕的代价

仇恨催生冤冤相报不断芽

报复会一样伤害到你我他

平和决定事态走向

宽恕永远找到安稳的家

（黑龙江省牡丹江市音乐文学学会《词坛》双月刊2017年第2期刊登）

来吧，我们相约云杉坪

——献给云南丽江玉龙雪山

昔日的云杉坪不叫这个名
她承载了许多纳西儿女的私情
多少不平的心思
在这里找到安静
因为她背依玉龙雪山与神最近
因为她包容古木参天坐拥仙境
在这美好的天地里
你还有啥烦恼不清

如今的云杉坪相约不殉情
她摇曳着亿万游子游客的心旌
无限浮躁的心灵
在这儿得到安宁
因为她平常平凡平淡安恬安定
因为她清朗清新清寂幽香幽静

躺在雪山的怀抱中
你的不平得到消停

云杉坪、殉情谷
殉情谷、云杉坪
雪山还是那座雪山
幽谷还是那个幽谷
只是愚昧时代已经觉醒
来吧，我们相约云杉坪

（黑龙江省牡丹江市音乐文学学会《词坛》双月刊2012年第10期刊登）

你对我很重要

空气没有做那么多的广告
它对我们每个人都很重要
阳光没有做超强大的宣传
万物生长对它都十分依靠
父母生养我们兄弟姐妹
尽管他们开始迟钝苍老
但对于我们都很重要
爱人随我操劳
尽管有些唠叨
但对我很重要
儿女仍在消耗
尽管缺少调教
但对我们很重要

这世界说大就大说小就小
宇宙再大也大不过心眼小
这世界包罗万象变化深奥
世事变化跟不上思维心跳
你认为好的不一定重要
我说重要的不一定就好
什么重要什么不重要
留给内心感悟
只有你我知道
身边人身边事
避不开抓得着
我用真情拥抱
你对我很重要

（辽宁省音乐文学学会《新歌诗》双月刊2012年第4期刊登）

如果我爱你

——歌唱木棉花的爱情宣言《致橡树》

如果我爱你
我绝不依附你
如果我爱你
我绝不赞颂你
我必须与你并肩傲立
共同抵御寒潮烈日
我必须与你形影相随
共同承载雾霭晨曦

如果我爱你
我绝不束缚你
如果我爱你
我绝不炫耀你
我一定和你比翼齐飞
一道分担雷电风雨

我一定和你出双入对

一道享受赞美虹霓

爱就爱你的一切

如果我爱你

爱也请你爱我的一切

如果我爱你

（南京市音乐文学学会《词泊秦淮》季刊2013年夏之卷刊登；黑龙江省牡丹江市音乐文学学会《词坛》双月刊2013年第3期刊登）

沈园神伤

——纪念爱情经典宋词《钗头凤·红酥手》面世八百六十年

说什么地久天长？
沈园邂逅伫立相望。
酥手酥，黄縢黄，
殇情辜负举壶觞。
一次对望，一生怅望，
几分巴望，几分绝望。
即兴辞章把挚爱埋葬，
哽咽附和为真情殉葬，
悲情绝唱荡气回肠！

说什么妇随夫唱？
《钗头凤》共享悲怆。
落花落，霜天霜，

生死相依梦难当。

嗟叹懊丧，哀叹胆丧，

低吟沮丧，低吟魂丧。

泣诉举案齐眉的神伤，

诠释不离不弃的感伤，

千古爱恋万世传扬！

（南京市音乐文学学会《词泊秦淮》季刊2011年春之卷刊登）

我不是过路人

情路漫漫我已举步维艰

漂泊的心一次又一次被击晕

only a passerby

我只是个过路人

情路漫漫我只是个过路人

可我不信命中要孤身

那些冷夜热吻的香唇

时常撩拨我的魂

我愿付出本真

去追我心中的神

情路深深我已无处可奔
伤心的泪依稀洒满滚滚红尘
only a passerby
我只是个过路人

情路深深我只是个过路人
可我不想终老只一人
那种擦肩回眸的眼神
注定牵挂我一生
我会奉献忠纯
锁定我中意的人

（吉林省音乐家协会音乐文学学会《华人歌词》双月刊2019年第2期刊登；黑龙江省牡丹江市音乐文学学会《词坛》双月刊2019年第1—2期合刊刊登）

我的手长在你心上

——无臂残疾成功者的倾诉

每当鲜花簇拥我行走
少不了您精心打理的双手
每当快门聚焦我前行
少不了您搀扶引导的双手

敬爱的老师，您的付出您的坚守
断臂的我拿什么报答您给我的所有
敬爱的老师，感谢生命中无私的援手
我只能健康地生活沐浴您的仁厚
善良的您陪我走

每当掌声欢呼我行走
少不了您激励帮衬的双手
每当目光紧盯我迈步
少不了您拉扯相助的双手

亲爱的兄妹，您的辛劳您的承受
折翼的我用什么回报您给我的所有
亲爱的兄妹，感激您心中帮我的双手
我只有平凡地拥有馈赠您的优秀
感恩的心跟您走

善良的您陪我走
感恩的心跟您走

（广西省音乐家协会《词海》双月刊2016年第1期刊登）

我好无奈

好想谈一场恋爱
可我没房没车开
原以为我投错了胎
其实我的处境不算坏
妈妈终日在田地里种粮栽菜
农活做得实实在在
爸爸整天地忙碌着打工在外
承包我的开销资财
我谈不成我不想谈我不敢谈恋爱
我不要无赖只是有些无奈

好想捞笔大外快
可惜机会难等待
也曾想辍学做买卖
可是我的境遇我喜爱

老师们诲人不倦乐于传帮带

设置难题让我去解

同学们比学赶超争做栋梁材

创新矿藏等我开采

我思考着我害怕着我苦恼挣外快

我不会懈怠只是有些无奈

好想好想谈一场恋爱

可我可我没房没车开

我不要无赖只是有些无奈

好想好想捞笔大外快

可惜可惜机会难等待

我不会懈怠只是有些无奈

（南京市音乐文学学会《词泊秦淮》季刊2012年秋之卷刊登）

我是你的菜

谁是谁筷子夹住的菜
管你是不是真心喜爱
如果下手夹的还是我
我便彻头彻尾成了你味蕾的乖乖
也许有一天你会胃口变坏
我的耐心宽宏渗透你的自在
我默默地祈祷下一个回合
我还会撞上你的象牙筷

谁是谁命中注定的菜
只要你铁了心地喜爱
即便偶尔失手夹不住
我会死心塌地牵挂你专注地等待
坚信你理智能把性情修改
我的良苦用心赢得春暖花开

我静静地祝福下一个轮回

我依然成为你关注的菜

谁是谁的菜你帅我不赖

你是我的菜我是你的菜

（黑龙江省牡丹江市音乐文学学会《词坛》双月刊2014年第4期刊登）

无以回报的微笑

你误解我啦，我微微一笑，
我十足委屈啦，坦然一笑。
危难时，我照旧泰然一笑，
因为我记得妈妈说过，
有多少风雨飘摇；
爸爸也经常叨唠，
许多美好心境都是自己造。

你蔑视我啦，我静静一笑，
我明显吃亏啦，开心一笑。
无奈时，我依然达观一笑，
因为我记得奶奶讲过，
有无限时光逍遥；
爷爷是偶尔一句，
豁达超脱自信自立很重要。

笑是一剂良药，笑是断水宝刀，
尴尬变得顺畅，忧愁不再烦恼，
我愿时时奉献无以回报的微笑！

（辽宁省音乐文学学会《新歌诗》双月刊2011年第5期刊登）

想你

天晴了花开了想你
同学朋友相聚了想你
走过你走过的街口想你
在温馨的快餐店案头想你
在嘈杂的超市云梯上想你
想到你
思考问题时手指缠发的怪癖
我陡然暗生一份甜蜜
想你下楼时簌簌作响的裙衣
想着你的挥手，想着你的脚踢
想你想你不停地想你
仰望星空想着你

天阴了花谢了想你
同学朋友聚散了想你

听到你唱过的歌声想你
在浪漫的地铁口站台上想你
在清静的长廊边树荫里想你
想到你
憧憬未来时双眸扑闪的神秘
我猛然得到一种魔力
想你泥径水汪中颤动的脸面
想着你的坏笑，想着你的哭泣
想你想你不停地想你
沐浴阳光想着你

（辽宁省音乐文学学会《新歌诗》双月刊2011年第4期刊登；南京市音乐文学学会《词泊秦淮》季刊2011年冬之卷刊登）

邂逅

找个理由下个路口再次邂逅
哪怕是重复的话题聊聊再走
千万个状况千万个理由
图的是与你邂逅
你任意一句应答或者张张口
都会让我激动得泪流
我绝不会稚嫩地追逐风流
无所谓贫穷富有健美貌丑
盼只盼爱的魔力和邂逅的理由
你能不能明明白白让我说个够
等不到你的时候再等下个路口
我会憧憬邂逅的冲动拉手
再回首，是我最大的追求

我想跟你永远处朋友
愿我们邂逅约定覆水难收
愿我们不再邂逅而是等候

理由照旧路口依旧你我邂逅
相逢何必开口无须解释理由
有多少设计有多少借口
只为了与你邂逅
你释放一个微笑或者点点头
总能令我忘形地拍手
我绝不做简单的喜新厌旧
不计较倜傥风流拔尖优秀
求只求爱的真谛和爱你的理由
你给不给分分秒秒让我参个透
等不到你的时候仍痴痴地守候
我会期待邂逅的美妙温柔
再回首，是我永远的追求
我愿陪你一直朝前走
让我们相约无数夏冬春秋
让我们只有等候永不邂逅

（上海市音乐家协会《上海歌词》双月刊2015年第5期刊登）

有多少无奈就有多少伤害

当爱情变成亲情，
究竟有多少无奈。
也许你们生死相许，
也许你们蜜意恩爱，
一转身尘埃落定，
留下多少无奈多少悲哀。
你们没有见异思迁，
只是习惯的风景抹平了期待。
你们无法阻止悲欢离合重演，
淡定感谢包容宏大的世界。

当喜欢变成友谊，
结局有多少伤害。
也许我们一见钟情，
也许我们两小无猜，

一刹那曲终人散，
剩余多少伤害多少失败。
我们没有喜新厌旧，
只是熟悉的声音损耗了情怀。
我们无力拒绝酸甜苦辣轮回，
从容感恩和谐幸福的时代。

有多少无奈就有多少伤害，
真心祝福你们找到轻松愉快；
有多少无奈就有多少伤害，
虔诚祈祷我们活出亮丽精彩！

（浙江省音乐家协会《花港词刊》季刊2022年第1期刊登；上海市音乐家协会音乐文学专业委员会《上海词家》双月刊2022年第2—3期刊登）

追念斯卡布罗集市

他乡古老的斯卡布罗集市
那里是盛产神圣爱恋之地
花儿绽放没有周期
草儿繁茂漫无边际
相恋的人儿自由牵手
爱意呓语注满记忆
啊，斯卡布罗集市
永恒的爱徜徉在广袤天地

我梦里到过斯卡布罗集市
那里是收获美丽爱情之地
天空辽阔没有藩篱
阳光和煦温暖清逸
相爱的人儿诚挚歌唱
温馨甜蜜溢满小溪

啊，斯卡布罗集市

永恒的爱融化入万丈虹霓

斯卡布罗集市童话世界

斯卡布罗集市如醉如痴

爱恋绝伦精美

追念永无穷期

（福建省艺术馆《福建歌声》双月刊2020年第4期刊登）

精神之美

三十而立的生活换了人间

——献给祖国改革开放三十年

一个单纯、成长的东方青年
弹指一挥间三十年
闯过暗礁、闯过险滩
摸着石头过河操练
苦也罢、累也罢
风雨过后彩虹现
秀丽江山、百花争妍
三十而立的生活改变了天

一个美丽、成熟的东方青年
转眼走过了三十年
搏击惊涛、搏击骇浪
摸着石头过河操练
战胜灾害、战胜困难
坎坷走过艳阳天

和谐中国、百姓康健

三十而立的生活换了人间

一个单纯的东方青年

一个美丽的东方青年

三十而立的生活换了人间

（中国音乐家协会《词刊》月刊2009年第1期刊登）

您的历程如此艰辛如此荣光

在船上，
摆脱厄运完成建党。
苦难中国救星升起，
革命大业从此起航。

在山上，
血雨腥风建立武装。
八一秋收艰苦岁月，
星火燎原红色摇篮。

在路上，
万水千山东风浩荡。
艰难险阻无所畏惧，
引领华夏走向辉煌。

走进新时代，

过去今天未来您担当。

人民是靠山，江山是爹娘，

没有改变不了的世界，

只有永远前进的党。

亲爱的党啊，您的历程

如此艰辛如此荣光！

（参加中国大众音乐协会主办的“‘2012音乐·中国杯’第三届全国优秀词曲、歌手、乐手大型音乐展演赛”，荣获“作词金奖”）

唱南昌

——英雄南昌之歌

一篇《滕王阁诗序》美文，
生动描绘洪都城形胜。
城湖交融通江海，
雄州雾列连纵横；
好山好水好风雨，
三江五湖润洪城。
咿呀嘿，看不够，
南昌哟，山水都城！

一阵八一义军枪炮声，
庄严宣告英雄城诞生。
俊彩星驰担道义，
英雄辈出铁骨铮；
先辈先烈先驱者，
激励子孙新长征。

咿呀嘿，赞不绝，

南昌哟，革命圣城！

一曲时代颂歌舞春风，

激情唱响南昌城飞腾。

名胜古迹换新颜，

跨江呼应两头伸；

创新创业创辉煌，

古城新城和谐城。

咿呀嘿，唱不尽，

南昌哟，江南昌盛！

（河北省山海关区文联《歌词作家》双月刊2009年第3期刊登）

传奇郭明义

——献给“感动中国”人物

您这样说：
帮助别人，快乐自己！
您这样做：
帮助别人，快乐自己！

您资助贫困学子
圆梦升学追求真理；
您长年无偿献血，
救助生命乐此不疲。
学习雷锋从平凡做起，
几十年如一日啊郭明义，
您绝对是个传奇！

您热衷义工劳动，
爱岗敬业贡献集体；

您守着清贫生活，
爱心奉献矢志不渝。
学习雷锋从平凡做起，
几十年如一日啊郭明义，
您绝对是个传奇！

（中国音乐家协会《儿童音乐》月刊2013年第2期刊登；黑龙江省牡丹江市音乐文学学会《词坛》双月刊2012年第11期刊登；吉林省音乐家协会音乐文学学会《华人歌词》双月刊2012年第6期刊登）

大美秦腔

咣咣子儿响，吼一声秦腔
演活列国演活三国再演活那杨家将
一声咣咣，穿越古今多少时光
演上苍演安邦
演人生演担当
演绎了先人淳朴勇敢和那勤劳善良
演才子佳人，演世态炎凉
演英雄悲壮，演人间万象

咣咣子儿响，吼一声秦腔
说岳能唱神话能唱公案故事也能唱
一个亮相，塑造万代人物形象
唱秦汉唱六郎
唱隋唐唱闯王
唱响了先人慷慨好义和那耿直爽朗

唱黄土高坡，唱山沟梁梁
唱坚硬塬台，唱大河流长

啊，大美秦腔，你把黄种人的血脉吟唱
啊，你把中国人的血性吼响，大美秦腔

（黑龙江省牡丹江市音乐文学学会《词坛》双月刊2013年第12期刊登；河北省音乐家协会音乐文学学会《燕赵词作家》双月刊2014年第1期刊登；中央人民广播电台《广播歌选》月刊2015年第5期刊登）

笃定前行

美丽中国四季常青
美丽中国笃定前行
“东亚病夫”睡狮醒
东方巨龙舞光明

美丽中国处处风景
美丽中国人人相亲
没有力量能阻止
美丽中国的前行

我们走在大路上
我们的大路多宽广多安宁
我们的精神文明
我们的文化最深厚最温情

我们发展有方向

我们的方向必须正必定赢

我们笃定前行

我们自信地迎接中华复兴

（吉林省音乐家协会音乐文学学会《华人歌词》双月刊2021年第1期刊登）

感恩中国

我庆幸
生在人民当家作主的国家
我的父亲母亲
天天陪着他们的老爸老妈
大院里
爷爷外公交流着剪草修花
园子中
奶奶外婆商量着点豆种瓜
我庆幸有一个温馨和睦的小家

我知足
长在衣食无忧淳朴的农家
我的弟弟妹妹
个个快快乐乐地成长玩耍

校园里

老师同学关爱着读书画画

田野中

叔叔阿姨呵护着轻松度假

我知足有一个安定和平的天下

我感恩

养育我美丽的国和谐的家

我的骨肉同胞

日日为祖国大厦添砖加瓦

看线上

智能云游的功能飞速迅达

看线下

实体店家的实力越做越强

我感恩这个国泰民安大中华

（吉林省音乐家协会音乐文学学会《华人歌词》双月刊2021年第1期刊登）

井冈伍若兰

您的花季春残，

来不及完成烂漫。

血雨腥风黑夜里，

您坚定信念在井冈山。

您质朴高洁斗雪璀璨，

“长不改，气如兰”。

陷囹圄酷刑压放弃革命吧？

“除非日出西方”咱革命不变。

井冈兰、井冈兰，

长不改，气如兰！

您的人生短暂，

却成功活出灿烂。

井冈岁月时光中，
您智勇双全令敌胆寒。
您威武不屈巾帼芬芳，
“终不移，心若兰”。

遭不测利诱逼背离夫君吧？
“除非赣水倒流”俺夫妻永恋。
伍若兰、伍若兰，
终不移，心若兰！

（黑龙江省牡丹江市音乐文学学会《词坛》双月刊2016年第2期刊登；天津市音乐文学学会《歌词》月报2016年第10期刊登）

龙飞，梦飞

龙在飞，
牵着高铁惬意飞，
携着“神舟”奔月飞，
助力健儿在赛场飞，
追着战士击发的子弹飞。

龙在飞，
一心要把太阳追。
龙在飞，
于无声处听惊雷。
龙在飞，龙在飞，
龙的精神飞上镰刀和铁锤。

梦在飞，
梦伴家园和美飞，

梦与那割镰齐翻飞，

梦催船娘的桨橹飞，

梦随“一带一路”的驼铃飞。

梦在飞，

梦想誓把世界追。

梦在飞，

复兴之梦放光辉。

梦在飞，梦在飞，

圆梦儿女同心聚力共举杯！

（天津市音乐文学学会《歌词》月报2016年第4期刊登）

你是圣洁善良的百灵

——献给已故“感动中国”人物丛飞的歌

老师夸奖你：
是“中国最美丽的男高音”，
你是美丽欢快的百灵！
你专注地投入数百场义演，
倾囊捐赠挚诚关爱不了情。
你用无私的爱温暖了他人的心，
有一群孩子都从心底喊你父亲。
感动中国是你一生最大的荣耀，
你的声音令五湖静默聆听。
丛飞啊丛飞，忘我的丛飞，
你是美丽欢快的百灵！

百姓赞美你：
是“慈善家怀揣善良的心”，
你是圣洁善良的百灵！

你生命的尽头捐出眼角膜，

帮助陌生人重新获得光明。

你用富有的心抒写了一生清贫，

使无数幼小凄苦的心注满温馨。

感动中国是你一生最美丽荣光，

你的故事让四海肃然起敬。

丛飞啊丛飞，无我的丛飞，

你是圣洁善良的百灵！

（河北省山海关区文联《歌词作家》双月刊2009年第3期刊登；入选江苏省音乐文学学会为庆祝中华人民共和国成立六十周年而编的《江苏百家词选》）

翘首喜盼二十大

全球第一大党
融汇黄河长江
山河欢呼盛会
高唱国富民强

红船巨轮扬帆起航
华夏儿女喜气洋洋
盛会礼赞新时代新征程
治国安邦实现梦想

人民拥护的党
民族复兴脊梁
盛会即将召开
蓝图指引航向

铁锤镰刀勠力担当

古国新生跨越汉唐

盛会讴歌新思想新起点

中华民族傲立东方

（吉林省音乐家协会音乐文学学会《华人歌词》双月刊2022年第4期刊登；天津市音乐文学学会《歌词》月报2022年第11期刊登）

人世间的大味道

热度好高，淄博烧烤，
烧烤，烧烤，我不拒绝也不偏好，
得知你烧热了一座城市，
我必须关注你的人潮。

温情萦绕，淄博烧烤，
烧烤，烧烤，俺不排斥也不紧要，
晓得你烤出了待客之道，
我非得研究你的机巧。

淄博烧烤，你守着烟火，用真情去烧，
淄博烧烤，你诚信待客，用人心去烤，
不谈粗鄙不说污染破教条，
不变味不虚假火上直接烤，
人间美食千万道，

你是最原始的烹调。

若是处处这样烤该多好，

烤出人世间的大味道。

烤得情也真，爱也浓，

政通人和通天道。

（吉林省音乐家协会音乐文学学会《华人歌词》双月刊2023年第4期刊登；天津市音乐文学学会《歌词》月报2023年第9期刊登）

藤野严九郎

学生们总笑您黑瘦的长相，
您留着八字须眼镜是圆框。
那句经典的自我介绍：
我就是叫作藤野严九郎……

先生藤野严九郎，
天生一副好心肠，
弱国学子不歧视，
传道授业敢担当！

先生对学生的尊重有气量，
您无私教导学生自立自强。
那句经典的自我介绍：
我就是叫作藤野严九郎……

先生藤野严九郎，

惜别小照挂东墙，

寒夜星辰不坠落，

激励周君成巨匠！

（黑龙江牡丹江市音乐文学学会《词坛》双月刊2018年第1期刊登）

天使白丹心红

抗疫大军中逆行的英姿，
你们是醒目的雪白之师。
无须辨识你们的容颜，
只牢记你们守护生命的样子。
你们重复着的言谈举止，
俨然是一首严谨的律诗。
悬壶济世的无瑕洁白，
书写着人世间大爱青史。
最紧张的时刻有你们的飞驰，
洁白是你们漂亮的英姿。

抗疫大军中逆行的雄姿，
你们是耀眼的红色之师。
无须看清你们的样子，
只懂得助人为乐口罩里的善意。

你们坚持着站立行走，
就如同一组欢快的歌词。
普济众生的热情火红，
飘扬起新时代先锋旗帜。
最残酷的地方有你们的奔驰，
火红是你们亮丽的标志。

天使白，大爱的英姿！
丹心红，奉献的标志！

（天津市音乐文学学会《歌词》月报2022年第8期刊登）

我的职业我热爱

我开公交车，

我的职业我热爱。

奔驰穿梭在花海人海，

我是市民的公差。

我起早贪黑爱岗敬业，

为的是乘客安全畅快；

乘客遇难时搭把手，

我也曾制服歹徒道不改。

车子小，大世界，

人间真情市井百态。

我开着公交车，

我的职业我热爱！

我开公交车，

我的职业我热爱。

腾飞穿越那绿荫人烟，

我是百姓的公差。

我加班加点无私奉献，

图的是乘客方便安泰；

遇有乘客突发疾病，

我也曾连闯红灯救病灾。

站点小，大情景，

城市窗口沿路精彩。

我开着公交车，

我的职业我热爱！

（河南省洛阳市音乐家协会《大中原歌坛》季刊2020年冬季号刊登）

我们的步伐矫健神勇

天地间惊醒中国龙，
亿万人民高唱东方红。
啊，我们开始出发，
何惧一穷二白，把旧世界葬送！

天地间觉醒中国龙，
美好故事春天里播种。
啊，我们继续前行，
改革开放务实，温饱滋养民众！

天地间唤醒中国龙，
小康工程新时代启动。
啊，我们整装待发，
思想解放创新，民生国运昌隆！

天地间独醒中国龙，

科学发展群英立新功。

啊，我们扬鞭策马，

仰望星空探月，神舟笑傲苍穹！

自豪吧，我们的步伐坚定从容！

骄傲吧，我们的步伐矫健神勇！

（辽宁省音乐文学学会《新歌诗》双月刊2010年第4期刊登）

我们结伴在月亮舞蹈

——献给中国探月之“嫦娥”“玉兔”互拍成像

为了追寻祖先神话的美好
我们相约在月亮宝岛
“嫦娥”立定虹湾地角
款款洒脱傲视微笑
“玉兔”依偎“嫦娥”环绕
激情跨越欢快舞蹈
月亮月亮，我们来了
我们把中国梦想创造
我们把中国神奇宣告

为了印证祖先神话的美好
我们结伴在月亮舞蹈
“玉兔”玲珑活泼灵巧
脉脉含情潇洒远眺
“嫦娥”呼应回眸一笑

默契凝视深情聚焦

月亮月亮，我们来了

告诉你千年梦想美妙

告诉你中国风景独好

我们结伴在月亮舞蹈

我们尽情地释放自豪

（黑龙江省牡丹江市音乐文学学会《词坛》双月刊2014年第1期刊登）

霞姑骄杨

喊一声骄杨，
饱含了万千自豪感叹。
感叹颠沛流离生活中，
您真情真爱处处闪光。
自豪您的情怀执着，
诠释了人民领袖的儿女情长。
您为丈夫热血流豪情壮，
誓死捍卫如意郎。
识字岭上枪声响，
换得夫君百身莫赎骄杨。

叫一声霞姑，
表达着无限敬重景仰。
景仰革命艰难岁月里，
您真爱真情时时激荡。

敬重您的忠诚气概，

催生了民族解放的指路星光。

您为革命头可断敢担当，

舍生取义中华强。

碧血丹心沃三湘，

迎来江山社稷万丈霞光。

（黑龙江省牡丹江市音乐文学学会《词坛》双月刊2016年第2期刊登；天津市音乐文学学会《歌词》月报 2016年第10期刊登）

向您敬礼

行军礼的手微微翘，

贴裤缝的手好俊俏。

战友啊战友，向您敬礼，

把我所有的心情向您报告。

军礼讲服从、军礼讲忠诚，

军礼有尊严、军礼有骄傲，

军礼有祝福、军礼有关照。

军礼是咱军人独有的情，

表达了军人绚丽青春的笑。

战友啊战友，向您敬礼，

把我所有的心情向您报告！

行军礼的手微微翘，

贴裤缝的手好俊俏。

战友啊战友，向您敬礼，
把我所有的心思向您报告。
军礼讲真诚、军礼讲礼貌，
军礼有谦逊、军礼有请教，
军礼有期望、军礼有荣耀。
军礼是咱军人特有的爱，
倾诉了军人黄金年华的好。
战友啊战友，向您敬礼，
把我所有的心思向您报告！

（天津市音乐文学学会《歌词》月报2016年第8期刊登；上海市音乐家协会《上海歌词》双月刊2017年第3期刊登）

续航

您从南湖启航
劈波斩浪乘风破浪
南昌秋收起井冈红旗扬
遵义转满舵长征播信仰
战日寇、杀豺狼
百万雄师过大江
您不忘初心追梦领航
为民族，谋独立
为人民，求解放

您在南湖续航
坚定理想实现梦想
与时俱进不断改革开放
展望未来奋力扬帆远航

新时代、新开创

全面建成奔小康

您牢记使命逐梦导航

为人民，谋幸福

为民族，求富强

（天津市音乐文学学会《歌词》月报2021年第9期刊登）

“一带一路”走天下

栽桑养蚕
丰富了一个民族的农耕文化
缫丝织绸
丰厚了一个国家的繁荣发达
驼铃声声
见证了陆上商旅的络绎出发
舟楫荡荡
彰显了海上商船的浩荡无价

“一带一路”，互信合作
陆上丝路穿越宇宙时空对话
“一带一路”，开放包容
海上丝路续写世界环球横跨

万里丝路
铭刻着华夏民族的包容豁达
“一带一路”
构筑起和谐共赢的宏伟框架
丝路基金
奠定了地球人类的命运大厦
中欧班列
领跑着一带一路驰骋欧非亚

“一带一路”，普惠融合
人类命运中国智慧贡献规划
“一带一路”，均衡持续
全球经济中国方案遍走天下

（云南省文化馆《民族音乐》双月刊2023年第2期刊登；河南省文化馆《青年歌声》月刊2023年第6期刊登；上海市音乐家协会音乐文学专业委员会《上海词家》双月刊2023年第3—4期刊登；吉林省音乐家协会音乐文学学会《华人歌词》双月刊2023年第5期刊登）

永远高唱《东方红》

——献给中国共产党成立九十周年

唱一首民谣《东方红》，
怀念咱们的领袖毛泽东。
他挽救革命于危难，
解放大业得成功；
他指点江山定沧桑，
国家主人数工农。
毛主席，爱人民，
人民万岁喊自肺腑心胸，
为人民服务殚精竭虑！

讲一个故事《东方红》，
共产党开天辟地建奇功。
她拯救民族于水火，
寰宇腾飞中国龙；

她带领民众奔小康，
文明和谐战贫穷。
共产党，像太阳，
照亮东方富强民主繁荣，
照得九州四海红彤彤！

永远高唱《东方红》，
歌唱一代伟人毛泽东！
永远高唱《东方红》，
共产党恩情世代传颂！

（上海市音乐家协会《上海歌词》双月刊2011年第3期刊登；陕西省音乐文学学会、宝鸡市音乐文学学会《西部词家》月刊2011年第7期刊登；江苏省文联《歌迷大世界·江南音乐》月刊2011年第5期刊登；荣获中国大众音乐协会“庆祝中国共产党成立九十周年‘唱支颂歌给党听’原创词曲大赛”三等奖）

有这么一群人

——献给新冠疫情防控一线者

有这么一群人，
让人看着很矛盾。
国家延长了春节假期，
可他们放弃休假防控布阵。
抗击疫情政府下令不串门，
可他们天天四处在飞奔。
一会儿走进企业，
一会儿来到乡村，
一会儿站立卡口，
一会儿坚守集镇。
这是一群什么人？
让人看着很矛盾。
疫情防控行不行，
全仰仗这群人，

他们是村里的组长和主任，
他们是镇里机关单位的人。

有这么一群人，
让人看着很矛盾。
千家万户守候着团圆，
可他们没有时间陪伴亲人。
冠状病毒肆虐疫情很严峻，
可他们前行不后退半分。
排查密切接触者，
排查疫区过往人，
服务隔离的农户，
服务观察的病人。
这是一群什么人？
让人看着很矛盾。
疫情防控好不好，
最辛苦这群人，
他们是百姓眼中所谓的官，
他们是农村基层的守护神。

（天津市音乐文学学会《歌词》月报2020年第3期刊登；上海市音乐家协会音乐文学专业委员会《上海词家》双月刊2020年第2期刊登）

远航

载一船希望
从南湖启航
驶过湘江大渡河
驶过赤水金沙江
救黎民，护苍生
救华夏，兴安邦

红船承载革命梦
承载新中国启航
开天辟地
成就梦想

载一船梦想
从南湖远航

破浪之江到黄河
破浪辽河达长江
为百姓，谋幸福
为中华，求富强

红船承载中国梦
承载新时代远航
坚定理想
铸就辉煌

（盐城市文化广电和旅游局《文化与传媒》双月刊2019年第2期刊登；河南省文化馆《青年歌声》月刊2021年第6期刊登）

远望

——致敬人民科学家南仁东

宇宙因您小了维度
神秘太空的小窗被您打开
天体宇宙起源的诱惑
吸引激励万众探寻英才
您的构想实现了自主创新
让华夏儿女领先豪迈
您是人民科学家
创举造福五湖四海
中国天眼打开
遥远深邃难再

天空因您短了距离
未知世界的隐秘被您怀揣
生命人类起源的困惑
召唤鞭策各路研究学派

您的努力成就了国之重器

把科技报国精神承载

您是最美奋斗者

精神激励崭新时代

中国天眼打开

远方因您精彩

（浙江省音乐家协会《花港词刊》季刊2021年第3期刊登）

这条路

没有人走过这条路，
这条路充满艰难险阻。
因为忠于当初，
我们披荆斩棘杀出了血路。
为了实现开天辟地的伟业，
多少仁人志士洒热血抛头颅。
为了这条路，
我们拼搏过冲锋过，
可我们始终义无反顾。
百年风云变幻过，
这条路必定是，
民族复兴特色之路。

我们来铺筑这条路，
这条路呈现光彩夺目。

因为不忘当初，

我们前赴后继蹚开了活路。

为了成就彪炳千秋的壮举，

多少优秀儿女献青春舍骨肉。

为了这条路，

我们徘徊过迷惘过，

但我们执着永不退缩。

世纪成果昭示着，

这条路注定是，

理想大同必由之路。

（上海市音乐家协会《上海歌词》双月刊2017年第5期刊登）

中国节，中国情

（男）宇宙洞天，寰球一景
中华节日民族深情
（女）古老的中国古老的节
遥远的故事依然年轻
（男）元宵满天星，灯火通明
篝火霓旌花灯烛影火热激情
（女）清明雨泠泠，郊游踏青
春和景明追念英灵倾诉衷情
（男）端午日升平，竹箬清馨
艾蒲杀青龙舟争竞万丈豪情
（女）七夕河汉显，鹊桥响应
牛郎传情织女相迎忠贞爱情

（男）中国节，重人情
（女）激情衷情豪情爱情情情真情

（合）中国情啊中国节

凝聚人心民族兴

（女）宇宙洞天，寰球一景

中华节日民族深情

（男）悠久的节日悠久的爱

千万年传承永不改变

（女）中秋皎月盈，良辰美景

赏月观景拜月尽兴无限温情

（男）重阳登高径，益寿延龄

敬老德行助老康宁还报恩情

（女）冬至日短行，夜长梦醒

素食节令惠及百姓调理性情

（男）春节中国景，普天同庆

喜气满庭欢笑温馨荡漾亲情

（女）中国节，动真情

（男）温情恩情性情亲情情情生情

（合）中国情啊中国节

凝聚人心民族兴

（辽宁省音乐文学学会《新歌诗》双月刊2009年第4期刊登）

做一个好人

老妈一生操持农活到躺倒

我带她上海医院走了一遭

回家后不出一周时间

老妈一眨眼就离世了

做一个好人

小时候老妈反复唠叨

做一个好人

临终她还是这么叮咛着

做一个好人

好人有好报

你看你看

姥爷跌倒后都是陌生人扶好

好人有好报

老爸常年侍候同村的马老
我跟他隔三岔五走一遭
老人瘫痪卧床十多年
依然能吃能喝还能笑
做一个好人
一辈子老爸都在训导
做一个好人
如今他还是这般嘱咐着
做一个好人
好人有好报
我信我信
姥姥走丢了还是好心人指道
好人有好报

做一个好人
好人有好报

（盐城市文化广电和旅游局《文化与传媒》双月刊2015年第6期刊登）

山河之美

运河京杭

运河流淌隋唐，任岁月穿越洪荒，
运河流淌京杭，龙舟竞发鱼虾满舱。
有多少才子佳人在身旁聚散离合，
有多少妙诗华章在杨柳岸吟唱传扬。
运河滋润华夏疆土纵横黄河长江，
沿岸街坊茶坊染坊书坊酒坊琴坊。
运河贯通京杭，浇灌鱼米之乡，
祈祷文明古国更富更强，
保佑中华儿女放飞梦想。

运河流淌隋唐，让江山一统兴邦，
运河流淌京杭，百舸争流亿万粮仓。
有多少掌故逸事在老码头改装，
有多少英雄豪杰在帆樯边拼搏争强。

运河兴盛漕运文明驰骋京都渔港，

两岸芳香豆香桂香稻香藕香兰香。

运河承载隋唐，铸就人间天堂，

祝福泱泱中华万寿无疆，

护佑中华儿女实现梦想。

（中国音乐家协会《歌曲》月刊2015年第9期刊登）

宝带桥

您如长龙卧湖口
静听运河涨春潮
千年雨烟沁石塔
任浮尘绝世飘摇
多少纤夫艰难跋涉
云卷云舒不辞辛劳
那一幅幅穿越唐宋的剪影
令人远避浮华喧嚣
飘动水乡原野的彩虹
那远远不是一座桥

您似玉带浮水面
惯看澹台涌波涛
几代风云熏砖石
把凝垢旷古潦倒

亿万游客恣意徜徉

花开花落拥抱逍遥

这一帧帧绚丽今朝的画面

让人安享风景独好

飞渡河湖联通的宝带

这仅仅只是一座桥

（河南省洛阳市音乐家协会《大中原歌坛》季刊2021年菊花号总第17期刊登）

北寺塔

都说懂得报恩便是君，
知恩图报正常人。
可是有谁回答清，
报恩你报了几分？
遁入空门反思过，
建寺造塔报母恩。
北寺塔、北寺塔，
登高望远报母恩。
懂得报恩方知有根，
无情岁月无尽报恩！

都说懂得报恩便是君，
知恩图报正常人。
可是有谁回答清，
报恩你报了几分？

行走人间行孝顺，

日常细微报母恩。

北寺塔、北寺塔，

穿越千年报母恩。

践行报恩才懂有魂，

有限时光无尽报恩！

（河南省洛阳市音乐家协会《大中原歌坛》季刊2021年菊花号总第17期刊登）

沧浪亭

沧浪之水自分明
清浊去处你来定
浊者自浊人言可畏
清者自清云淡风轻
先贤建造沧浪亭
用心良苦警示卿
沧浪亭、沧浪亭
等你来把世界看清
山水一程映丹心
清风轻吹唤亲情

清澈之水洗帽缨
浑浊之水泡脚胫
随波逐流与世推移
奋发图强特立独行

苏州园林沧浪亭
登临感悟清浊境
沧浪亭、沧浪亭
坐看风景把心叫醒
人生一世历风雨
青史千秋留清名

（河南省洛阳市音乐家协会《大中原歌坛》季刊2021年菊花号总第17期刊登；天津市音乐文学学会《歌词》月报2022年第3期刊登；福建省艺术馆《福建歌声》双月刊2022年第5期刊登）

沧桑总统府

那一群冲上门楼的兵，
那一面翩翩坠落的旗。
认识你的一幕，
天翻地覆有穷期——
尊贵的门脸前踏过，
劳苦人队伍的马蹄。
总统府，风雨地，
民心向背人事异，
达官显贵走马灯，
王侯将相城头旗。

那一天新旧世界的点，
那一天冉冉升起的旗。
牢记你的一幕，
洗心革面着新衣——

显赫的府邸里记录，

老百姓翻身的神奇。

总统府，风云起，

顺应潮流从民意，

人间正道是沧桑，

华丽转身担道义。

（黑龙江省牡丹江市音乐文学学会《词坛》双月刊2018年第3期刊登；浙江省音乐家协会《花港词刊》季刊2018年第2期“风荷”刊登）

从你身边走过

小时候上学路上的经过，
从小学到高中的日月颇多，
那一成不变的风景都刻进脑壳，
一路共有几条沟几道坡。

长假自驾返乡轻轻掠过，
沟是那条沟坡还是那道坡，
只是记忆中的风景改变了样子，
碧水绿植小树也已挂果。

近处水渠花树满阡陌，
远处连天绿山隐村落。
小桥飞架时尚的钢骨，
沟河两岸芳香的花朵，
新农村天地无比宽阔，
新时代农民日子红火！

（吉林省音乐家协会音乐文学学会《华人歌词》双月刊2023年第4期刊登）

大漠情思

能穿越塔里木的风儿
你尽管尽管任意吹过来
我在塔里木胡杨海
弹拨都塔尔等你来
风儿吹过来
掀起阿拉木汗的盖头来
荒漠深处已经不再荒凉
垦荒人繁衍了一代又一代
塔里木成了胡杨海
绿色梦富强梦
紫气东来

能漫过塔里木的情思
你尽情尽情大声唱出来

我在塔里木胡杨海

拉响库布孜等你来

情思唱出来

撩动克里木的深切情怀

流沙戈壁已经不再流离

戍边人串起了溜溜绿洲带

塔里木成了胡杨海

和谐梦美丽梦

西部精彩

（浙江省音乐家协会《花港词刊》季刊2015年第2期刊登；黑龙江省牡丹江市音乐文学学会《词坛》双月刊2015年第3期刊登；中国音乐家协会《词刊》月刊2015年第6期刊登；由上海作曲家吴家治谱曲的歌曲，在上海市音乐家协会《上海歌词》双月刊刊登）

风雅秦淮河

六朝古都水墨秦淮，
流淌着中华文明发祥命脉！
一水二街河房排开，
琴棋书画风雅精彩。
那一河流动的不仅仅是清水，
挽留住人情世故是非好歹。
赏心亭栏杆拍遍抒发畅快，
秦淮八艳笑傲世间情怪。
咿呀喂，长干里筑城立寨，
桃叶渡水墨仁爱。

十朝都会风雅秦淮，
滋养了历史文化名城姿态！
桨声灯影画舫往来，
诗词歌赋风韵咏怀。

那两岸伫立的不光光是风景，
驻足沧桑时光，风烟尘埃。
夫子庙天下文枢荫庇后代，
江南贡院遴选天地英才。
咿呀喂，凤凰台诗意澎湃，
秦淮河风雅万载。

（黑龙江省牡丹江市音乐文学学会《词坛》双月刊2018年第3期刊登；浙江省音乐家协会《花港词刊》季刊2018年第2期“风荷”刊登；盐城市文化广电和旅游局《文化与传媒》双月刊2018年第3期刊登）

凤凰飞来

——献给北京大兴国际机场

鲲鹏追赶五彩，
凤凰从远古飞来，
背负复兴梦飞翔，
穿越数朝历代。
披荆斩棘蹚出血路，
风雨兼程一刻不懈怠；
劈波斩浪杀出重围，
栉风沐雨初心永不改。

凤凰腾飞，
创造辉煌精彩。
凤凰飞来，梦想成真，
涅槃重生勇立新时代。

麒麟点赞五彩，
凤凰展金翅飞来，
承载美丽梦飞翔，
遨游五湖四海。
驱邪禳灾天耀中华，
纳福迎祥保“一带一路”；
飞翔盘旋联通寰宇，
永生祥瑞佑华夏命脉。

凤凰高飞，
迎着吉祥和谐。
凤凰飞来，梦想成真，
继续奋斗高歌向未来。

（盐城市文化广电和旅游局《文化与传媒》双月刊2019年第5期刊登）

感谢胡杨

用千年去感知生命和太阳，
感谢您不老的胡杨！
其实荒凉一直是您的家园，
您已经承载了无数的忧愁和悲伤。
假使灾难的一天悄然来到，
您还是用千年呼唤去回答太阳。

哦，千年胡杨万年胡杨，
您丈量大漠的脚步，
成就着天荒地老的神话形象。
感谢胡杨，您书写了一生奋斗的辉煌；
感谢胡杨，您警示人类不要轻易放弃顽强！

用千年来叙说历史和沧桑，
感谢您不屈的胡杨！

其实风沙永远是您的舞伴，
凄苦中雕刻出您不屈的形象。
即使毁灭的一刻轰然降临，
您依然把千年等候的歌谣吟唱。

哦，千年胡杨万年胡杨，
您翘望天空的虬枝，
印证着当年茂盛的自信模样。
感谢胡杨，您孕育了万年抗争的力量；
感谢胡杨，您告诉天地有一种姿态叫坚强！

（南京市音乐文学学会《词泊秦淮》季刊2007年秋之卷刊登；入选江苏省音乐文学学会为庆祝中华人民共和国成立六十周年而编的《江苏百家词选》）

故乡江南

一对对佳人唱和昆腔摇步竹桥
翩翩水袖飘扬
任丝竹流水越调评弹
漫溢临街小窗
江南是嗅出来的江南
凝神呼吸茶香荷香千里飘香
江南是唱出来的江南
拔芦花采茉莉相伴如意郎
江南是听出来的江南
静心倾听我全然沉湎眼前乡音绝响
江南哟江南，我与您
每每相逢，前世注定醉卧天堂

一双双泪眼穿越雨巷掠过水街
频频驻足曲廊

让断桥柳岸运河埠头

湿透疏影粉墙

离别江南我们忆江南

太湖钱塘秦淮周庄梦里水乡

再现江南我们画江南

花布蓝桃花红一派好春光

踏寻江南我们想江南

恣意徜徉您是否记得昔日老街曲巷

江南哟江南，我与您

依依小别，今生锁定终老故乡

（广西壮族自治区音乐家协会《词海》双月刊2015年第2期刊登）

观钱塘

一线潮涨，
痴情卷进钱塘江。
为什么总是令我神往?
是您这锐不可当。
啊，摧枯拉朽，
横扫千军如卷席，
您天生是这样，
锐不可当。
我们做人要学您这样，
光明磊落坦坦荡荡。
啊，我终于明白，
观钱塘又观钱塘，
为的是看您涨潮时的模样。

一线潮涨，

豪情奔放观钱塘。

为什么总是让我企望?

是您这澎湃酣畅。

啊，汹涌磅礴，

烽烟滚滚来天半，

您永远是这样，

澎湃酣畅。

我们做事要学您这样，

矫捷麻利干脆超爽。

啊，我终于明白，

观钱塘再观钱塘，

为的是看您涨潮时的模样。

（河南省文化馆《青年歌声》月刊2019年第11期刊登；黑龙江省牡丹江市音乐文学学会《词坛》双月刊2019年第3—4期合刊刊登）

黄河口恋歌

——黄河口利川之歌

九曲黄河向东流，

东营垦利入海口。

黄蓿菜呀红柽柳，

绵绵蜜意爱情柔。

一往情深年轻的热土，

任凭母亲阔步悠闲朝前走。

黄河口啊黄河口，

狐兔跃嗬虾蟹肥，

乌金油龙傍地游。

黄河九曲嗨哟入海流，

黄河口风光那个旖旎锦绣！

九曲黄河向东流，

东营垦利入海口。

桃花红啊槐花白，
淡淡清香醉心头。
生机盎然神奇的沃土，
任凭母亲阔步悠闲朝前走。
黄河口啊黄河口，
海堤长嘀滩涂广，
垦区拓荒见良畴。
黄河九曲嗨哟入海流，
黄河口儿女那个靓丽俊秀！

（河北省山海关区文联《歌词作家》双月刊2009年第3期刊登；入选江苏省音乐文学学会为庆祝中华人民共和国成立六十周年而编的《江苏百家词选》）

旷世明城墙

南京明城墙，
旷世城垣！
九十六里周长，
暗合九百六十万江山。
宫城皇城京城外郭城，
举世无双四重城垣。
四重城垣锁不住春光，
穿越时光探寻历史渊源。
潜心珍惜文物宝藏，
让城垣文化名扬久远。

南京明城墙，
旷世城垣！
高坚甲于海内，
围城筑墙护佑天下安。

依山傍水因形随势，

无与伦比经典城垣。

经典城垣挡不住时光，

风雨沧桑追求薪火相传。

科学保护文化遗产，

让中华智慧绚丽璀璨。

（黑龙江省牡丹江市音乐文学学会《词坛》双月刊2018年第3期刊登；浙江省音乐家协会《花港词刊》季刊2018年第2期“风荷”刊登）

美丽乡村

幸福家园美丽村庄，
小河流淌小路宽广，
风吹麦浪稻谷金黄，
鸡追鸭逐采桑养蚕。
村前老树不再孤单，
随处连荫碧波荡漾。
全民健身园里，
大爷在蹬力器上晃，
大妈在漫步机上荡，
尽兴共享美丽春光。

幸福家园美丽村庄，
桃花飘香柳树成行，
大棚温房科学种养，
有机果蔬生态观光。

村后茅屋标本馆藏，
遍地翠绿红瓦白墙。
幸福小广场中，
大叔扮角亮相开嗓，
大婶绿袄红衫翻浪，
纵情歌颂富饶家乡。

美丽乡村无限风光，
美丽乡村富饶家乡！

（上海市音乐家协会《上海歌词》双月刊2017年第5期刊登）

美丽浙江

是你江流美丽的转身
蕴含着由里到外的深沉
是你的一湖秋水
印证了美丽江南的情真
你成就了唐诗古道
山水灵秀璀璨人文

百湖千岛、海天佛门
你面朝大海永葆青春
你的美丽，富饶浙江
为祖国谱写交响神韵

是你一线潮涨的飞奔
激荡了拼搏奋进的精神

是你的多少故事
锻造着美丽中国的芳魂
你孕育过民主新路
古越儿女成功成仁

杭菊龙井、秋橘春笋
你坐拥胜境懂得感恩
你的富饶，美丽浙江
为母亲讴歌昌隆国运

（浙江省音乐家协会《花港词刊》季刊2013年第3期“印月”刊登）

梦里西藏

您的空灵，雪域风光，
经幡飘扬喜马拉雅山冈。
梦里西藏，甜美的山乡，
喝碗酥油奶茶跳起快乐锅庄，
淳朴善良，欢乐海洋。
梦里西藏，雄伟的模样，
扎西德勒，令人神往！

您的荣光，万众景仰，
阿吉拉姆演绎神话篇章。
梦里西藏，神奇的地方，
松赞干布迎娶文成公主入藏，
民族融合，世代传唱。
梦里西藏，祖国的宝藏，
扎西德勒，兴国安邦！

您的圣洁，生灵向往，

哈达舞动雅鲁藏布大江。

梦里西藏，美丽的天堂，

忘情圣湖荡舟流连神山徜徉，

长头叩拜，扑向太阳。

梦里西藏，纯美的故乡，

扎西德勒，幸福安康！

（辽宁省音乐文学学会《新歌诗》双月刊2011年第6期刊登；南京市音乐文学学会《词泊秦淮》季刊2011年冬之卷刊登）

明珠玄武湖

钟山风雨亘古交汇您面庞，
长江波浪灵动涌入您胸腔，
说是四方守神的北方，
其实您是都城的中央。
湖水浩荡操练水师楼船仪仗，
湖心洲岛壁垒森严黄册库房，
昔日更迭着帝王将相，
今朝开放成百姓乐场。
一湖平静，
玄武风光！

碧水映照都市金陵的沧桑，
烟柳笼罩十里长堤的芳香，
说是四方守神的北方，
其实您是都城的中央。

《昭明文选》编成其间经传八方，

武庙水闸匠心建造价值昭彰，

休闲天地追忆旧时光，

城市客厅续写新篇章。

一湖平静，

玄武风光！

（天津市音乐文学学会《歌词》月报2018年第7期刊登；黑龙江省牡丹江市音乐文学学会《词坛》双月刊2018年第3期刊登；浙江省音乐家协会《花港词刊》季刊2018年第2期“风荷”刊登）

为什么都说家乡好

为什么都说家乡好
家乡存储着我的记忆最早
为什么都说家乡好
家乡给了我许多纯真的笑
拾级村口的石板桥
我的心灵有了依靠
走进斑驳陈旧的老屋
终于嗅到亲切的味道

为什么都说家乡好
我的成长岁月已无法抹掉
为什么都说家乡好
我的爹娘在那里厮守终老
踩踏曲折的田埂道
我的心情立马就好

搂抱饱经沧桑的老树
耳畔回荡儿时的嬉笑

我肆无忌惮家乡不懊恼
我放浪形骸家乡不讥笑
熟悉着我们熟悉的人们
我没有理由不说家乡好
熟悉着我们熟悉的风景
我没有理由不说家乡好

（天津市音乐文学学会《歌词》月报2014年第9期刊登；黑龙江省牡丹江市音乐文学学会《词坛》双月刊2014年第8—9期刊登；辽宁省音乐文学学会《新歌诗》双月刊2015年第1期刊登）

我的天堂在亲亲的黑土地上

北大荒的故事很长很长
黑土地的麦豆金黄金黄
爷爷的泪眼总凝望着打谷场
奶奶的梦中常喊着要回故乡
哎嘿，北大荒哟北大仓
我的天堂在亲亲的黑土地上

北大荒饱经沧桑变模样
黑土地沉积越来越刚强
爸爸数不尽自力更生的榜样
妈妈夸不完艰苦奋斗的辉煌
哎嘿，北大荒哟北大仓
我的天堂在亲亲的黑土地上

（重庆市北碚区文化馆《北泉歌声》双月刊2013年第2期刊登；黑龙江省牡丹江市音乐文学学会《词坛》双月刊2013年第5期刊登）

扬州，爱您哪一城

好一座美丽的扬州城，
好一座美丽的扬州城。
运河滋润您五谷丰登，
美食滋养您百味丰盛，
文化滋美您一城丰韵，
啊，淮左名都广陵城，
焕发青春赢得新生，
焕发青春赢得新生。

运河扬州水墨扬州灵动扬州，
我们到底爱您哪一城？

好一座美丽的扬州城，
好一座美丽的扬州城。
科创造就您产业名城，

旅游成就您文化名城，
生态铸就您宜居名城，
啊，竹西佳处维扬城，
新时代启航新征程，
新时代启航新征程。

世遗扬州丝路扬州美丽扬州，
我们到底爱您哪一城？

（《中国音乐网》2020年刊登周克勤作曲的歌曲曲谱；河南省洛阳市音乐家协会《大中原歌坛》季刊2021年牡丹号总第16期刊登）

醉了

山醉了绿如海
河醉了波连波
人醉了显神采
风醉了看彩绸
雨醉了看花蕊
江山醉了看儿女风流

醉在青藏天路飘哈达
醉在三峡平湖满杯茶
醉在小浪底截流浪淘沙
醉在“神舟”飞天映彩霞

祖国醉了山河美如画

神州醉了小康进万家

华夏醉了子孙更发达

中国醉了国力更强大

（新疆伊犁州文联《歌词天地》季刊2007年第4期刊登）

图书在版编目（CIP）数据

短歌清唱 / 杨静著. -- 南京 : 江苏凤凰文艺出版社, 2025. 4. -- ISBN 978-7-5594-9452-8

Ⅰ. I227

中国国家版本馆CIP数据核字第2025GF3618号

短歌清唱

杨 静 著

责任编辑 姜业雨
装帧设计 昆 词
书名题字 单瑞成
责任印制 杨 丹
出版发行 江苏凤凰文艺出版社
南京市中央路165号，邮编：210009
网 址 http://www.jswenyi.com
印 刷 江苏凤凰盐城印刷有限公司
开 本 880毫米 × 1230毫米 1/32
印 张 7.25
字 数 120千字
版 次 2025年4月第1版
印 次 2025年4月第1次印刷
书 号 ISBN 978-7-5594-9452-8
定 价 59.00元